LE CHIEN MAUVAIS SUJET,

OU

HISTOIRE DE CHÉRI SURNOMMÉ DIABLOTIN.

IMPRIMERIE DE MARCHAND DU BREUIL.

Aubry del. Lith. de Langlumé.

Chéri chez la veuve de la rue de Braque.

LE CHIEN MAUVAIS SUJET,

OU

HISTOIRE DE CHÉRI SURNOMMÉ DIABLOTIN,

SUIVIE

DE LA PROMENADE SUR LES BOULEVARDS ET DU CHIEN DE MONTARGIS.

PAR MADAME BERTIN, NÉE DE VERCEIL,

OUVRAGE DÉDIÉ A L'ENFANCE ET ORNÉ DE HUIT ESTAMPES PAR AUBRY,

PARIS,

NEPVEU, LIBRAIRE, PASSAGE DES PANORAMAS, N°. 26.

1824.

LE CHIEN MAUVAIS SUJET.

CHAPITRE PREMIER.

Chéri favori de la Veuve de la rue de Braque, au Marais.

Mathilde et son frère Eugène se tenaient tristement à une fenêtre, maudissant le mauvais temps qui empêchait leur promenade accoutumée ; M. Belmont était occupé à lire dans une partie opposée de l'appartement.

Mathilde rompit la première un silence qui durait depuis long-temps.

1

Papa, s'écria-t-elle, viens donc voir ce pauvre chien attelé à une petite charrette, comme il tire la langue ! comme il paraît souffrir !

M. Belmont eut la complaisance de déférer à cette invitation.

Il gémit en effet de voir faire un si rude service à un animal, ami de l'espèce humaine, que la nature n'a point destiné à servir de bête de trait.

Mathilde demanda à son père quelle pouvait être la cause de cette inégalité parmi les animaux. J'entends bien, a-t-elle dit, qu'un pauvre homme se résigne à la condition dans laquelle le sort l'a placé; il ne dépendrait pas de lui de trouver une habitation plus commode, des vêtemens plus riches; mais si cet animal appartient à un mauvais maître, pourquoi ne le quitte-t-il pas pour en chercher un bon ?

M. Belmont sourit à cette idée naïve. Les brutes, répondit-il, n'ont pas comme nous la conscience de leur bien-être. Ce chien que vous voyez ignore s'il pourrait y avoir pour lui une existence plus heureuse : mais à quoi lui servirait-il de la quitter ? il éprouverait peut-être une chance encore plus fâcheuse : témoin cet autre animal que vous voyez vis-à-vis de la maison, à la porte de la boutique de l'épicier. Il a couru plusieurs carrières : il a été mauvais sujet, *s'est fait comédien*, et est enfin revenu de ses erreurs.

Un chien mauvais sujet ! s'écria Eugène, la bonne plaisanterie.

Rien n'est plus vrai, reprit M. Belmont, ce chien qui porte aujourd'hui le nom grotesque de *Mouflard*, s'appelait autrefois *Chéri*, il appartenait à une veuve, rue de Braque au Marais. L'aisance de sa maîtresse lui procurait toutes les commodités de la vie; il n'était point de friandises qui ne lui fussent réservées, sans compter qu'il prenait souvent du café dans la *même tasse* que sa maîtresse. Peu fait pour apprécier les charmes d'une existence aussi douce, Chéri devint libertin et vagabond; il sortait dès le matin, ne rentrait qu'aux heures des repas, disparaissait de nouveau et revenait souvent à une heure indue. Il fallait que la pauvre veuve se levât toute en sueur de son lit, dans la saison la plus rigoureuse, pour lui ouvrir la porte; car sa domestique faisait souvent la sourde oreille, ne voulant pas se déranger pour un chien. Indignée de le voir si ingrat, et peut-être en secret jalouse de Chéri, la *bonne* alla le perdre un jour du côté du Louvre.

Comme le petit Poucet? s'écria Mathilde.

Oui, répliqua M. Belmont; mais moins heureux que le petit Poucet, Chéri ne put revoir son gîte.

En proie aux plus amers regrets et stimulé par la faim, chéri se grattait l'oreille, et regardait chaque passant de l'air le plus propre à exciter la pitié; par intervalles il faisait entendre de petits grognemens étouffés, que sa maîtresse de la rue de Braque n'avait jamais écoutés sans l'accabler de caresses et de morceaux délicats; mais hélas! les temps étaient bien changés. Ses aboiemens sourds et réitérés ne parvinrent à lui attirer l'attention de personne, et furent au contraire cause qu'il reçut de droite et de gauche quelques coups de pied, et qu'enfin il fut remarqué par un homme, que son état rendait son ennemi naturel.

1.

CHAPITRE II.

Chéri, chez Madame Candi, épicière, le garçon le lie par les quatre pattes et le jette dans la rivière.

Il se trouvait dans la rue Froidmanteau, prêt à succomber sous le crochet d'un ramasseur de chiffons, avide de sa peau, lorsqu'une bonne femme prit parti pour lui, et le racheta en donnant quelque monnaie au chiffonnier.

Dans son nouvel asile, Chéri qui prit le nom bizarre de *Diablotin*, fit très-maigre chère. Ennuyé de sa condition, il s'en alla et chercha fortune. Le

Chéri est jetté dans la rivière par le garçon de Mme Candé.

hasard l'amena devant la boutique de notre voisin. Alléché par l'odeur des viandes que portait une cuisinière dans son panier, il entra et se mit en devoir de dérober un morceau friand. Pris sur le fait, il allait être assommé par le garçon, lorsque madame Candi, l'épicière, se laissa toucher par son état pitoyable. Elle lui fit donner des alimens dont il avait le plus pressant besoin, et le conserva en lui donnant le nom de *Mouflard*.

Pendant que Chéri, ou si vous l'aimez mieux, Mouflard était dans cette maison, il lui arriva une aventure singulière qui lui mériterait à juste titre une place dans l'histoire des chiens célèbres.

Monsieur et Madame Candi avaient une campagne ou plutôt une maisonnette et un jardin sous Clignancourt, à peu de distance de la barrière des Martyrs.

Le jardinier prit Moufflard en amitié et lui enseigna toutes sortes de gentillesses, aussi ne lui était-il pas moins attaché qu'à ses maîtres. Cependant le jardinier était un assez mauvais sujet. Ivrogne et brutal, il commettait de plus des infidélités très-répréhensibles; il vendait au cabaretier du coin les fruits et les légumes du jardin, afin d'obtenir en retour de quoi satisfaire son intempérance. On s'en aperçut et on le renvoya, Guillochin (c'était le nom de ce malhonnête homme) résolut de se venger, et de venir pendant la nuit enlever tout ce qui restait aux treilles, aux espaliers et dans les plates-bandes. Il savait qu'on avait coutume de lâcher Moufflard pendant la nuit, mais il craignait peu sa surveillance puisqu'il était connu de lui.

Guillochin pénètre, en effet, dans le jardin, vers deux ou trois heures du matin, en escaladant une muraille haute de quatre à cinq pieds tout au plus.

Mouflard faisait sa ronde, l'apparition de Guillochin ne lui donne aucun ombrage, il n'aboye même pas; il court au-devant de lui, le flatte en agitant sa queue et en lui léchant tantôt les mains tantôt les jambes. Le jardinier qui s'était pourvu d'un sac énorme, se met à le remplir tranquillement, Mouflard le laisse faire. Le croiriez-vous? au moment où Guillochin se disposait à s'en aller avec sa proie, par le même chemin, c'est-à-dire, en escaladant de nouveau la muraille, Mouflard dans son gros bon sens, reconnut qu'il y avait là quelque chose d'extraordinaire. La vue du sac lui inspira de violens soupçons: aussi, dans le moment où Guillochin se servait des treillages, qui soutenaient le chasselas, comme d'une échelle pour franchir le mur, il saisit l'extrémité du sac, le fit tomber, et aboya de toutes ses forces. Guillochin prit la fuite, et abandonna son butin. Monsieur et Madame Candi qui dormaient jusque-là d'un profond sommeil, s'éveillèrent, et instruit de ce qui s'était passé, ils témoignèrent leur reconnaissance au chien fidèle en lui donnant toutes sortes de friandises.

Il n'eût tenu qu'à Mouflard d'être heureux, mais cet indéfinissable animal, qui gardait si bien la propriété de ses maîtres, ne cessait de commettre des vols chez les voisins, et de mordre les jambes aux passans, même aux acheteurs. Le garçon qui l'avait pris en *grippe*, se saisit un jour de lui, le lia par les quatre pattes et alla le jeter par-dessus le pont Royal, espérant bien ne plus en entendre parler.

Vous frémissez, mes chers enfans, et vous demandez de quel droit on attentait à la vie d'un pauvre quadrupède qui n'était affecté d'aucune maladie contagieuse, et dont on eût tiré une vengeance suffisante en allant le perdre au loin? Le garçon de M. Candi ne fit point tous ces raisonnemens, il crut que la voie la plus expéditive pour avoir justice des méfaits de Mouflard était aussi la plus juste.

CHAPITRE III.

Chéri est sauvé, il devient comédien et joue les rôles de marquis sous le nom de Mouflard.

C'EN était fait de Chéri, de Diablotin ou de Mouflard, comme vous voudrez l'appeler, si les liens qui l'empêchaient de nager ne se fussent défaits. Il gagna facilement le rivage, côte à côte avec un caniche qui se baignait là par manière de passe-temps.

Mouflard n'eut rien de mieux à faire que de lier connaissance avec

Aubry del.   Lith de Langlumé.

Chéri en costume de Marquis dans une Chaise à porteur soutenue par
deux doguins en livrée.

le caniche dont l'humeur lui plut du premier abord, et il le suivit à son domicile.

Le caniche appartenait justement à un entrepreneur qui avait conçu la bizarre idée d'élever un spectacle de chiens, au Palais-Royal, à ce théâtre Montansier, où avaient brillé tour à tour les Jeannots, les Jocrisses et les funambules. Mouflard fut admis dans la troupe, et on lui donna l'emploi des *Marquis* à cause de son air évaporé. Je ne vous parlerai pas *d'intrigues de coulisses* qui suscitèrent à ce pauvre animal souvent à raison, quelquefois à tort, toutes sortes de tribulations.

Arrivé sur ce grand théâtre où l'incomparable Ravel, où l'étonnant Forioso s'ouvrirent dans la carrière du *Funambulisme*, cet étroit sentier vers la gloire que nul n'a suivi à côté d'eux, M. le marquis, électrisé par de tels modèles,

2

sentit l'impérieux besoin de se faire un nom. De si grands exemples eurent bientôt porté son talent à cette perfection qui donne la célébrité : dès ce moment plus de concurrence, plus de partage ; entraîné par l'affiche du spectacle comme par un talisman inévitable, de la boutique de l'artisan, de l'étude du légiste, du comptoir du négociant, et de l'atelier des beaux arts, on accourt en foule, on se précipite dans la salle, on s'y entasse. Quel silence du parterre au cintre, lorsque Mouflard, décoré du nom et des vêtemens d'un marquis, mollement balancé dans une chaise-à-porteurs dorée, par deux *doguins* en grande *livrée*, présentait son museau à l'une ou l'autre portière! Que de bravos, que d'applaudissemens ne recevait-il pas des Parisiens émerveillés ? Il excellait aussi dans les contre-danses et dans les gavottes : en lui voyant faire la *queue du chat et la chaîne anglaise*, les spectateurs ne pouvaient s'empêcher de lui donner la préférence sur les autres *Chiens-danseurs*. Lorsque dans la *Trénis* il s'avançait seul, et avec une grâce toute particulière, vers deux levrettes en costumes de bal, l'enthousiasme du parterre et des loges était tel, qu'on allait jusqu'à le préférer au plus fort *Cheval-danseur* de MM. Franconi. Ne retombant jamais sur ses pattes, tant qu'il était en scène, ne s'appuyant contre aucun de ses camarades, il portait l'épée pour le moins aussi bien que le marquis de la Dandinière. C'est surtout dans l'exercice du fusil qu'il était remarquable. Plein de feu et d'activité lorsqu'il s'agissait de sauter pour la France, il conservait une immobilité vraiment risible, lorsqu'on lui disait de sauter pour l'empereur de Maroc. Courageux autant que chien de haute race, il excellait comme le fameux *Dogue*, dans le tour surprenant de se laisser enlever en l'air, plutôt que de lâcher un cerceau garni d'artifices et éclatant de toutes parts, lors même que la corde qui l'enlevait, allait toucher au ciel.... du théâtre. Qui aurait dit que la fortune de Mouflard, liée en quelque sorte à celle d'un des spectacles de la capitale, allait rapidement s'écrouler; qu'une chute cruelle suivrait un succès aussi prodigieux ; qu'un artiste couvert d'applaudissemens sur la scène où les rôles et les costumes les plus brillans lui étaient réservés, traînerait un jour sous de misérables guenilles de toutes les couleurs et sous le fouet d'un grossier Piémontais, une existence et un talent déshonorés?... Mais n'anticipons pas sur les événemens.

Il paraît avéré toutefois que le *Théâtre des Chiens* éveilla la jalousie des petits spectacles et des paradistes des boulevards.

Quoique les talens de Chéri lui méritassent *part entière* dans la pitance distribuée à la troupe , il était souvent, pour mauvaise conduite, mis au pain et à l'eau. S'il arrivait trop tard à une répétition, il était déchiré de coups de fouet.

Un soir, une dame placée seule dans une baignoire, avec une petite chienne bichonne qui avait un collier garni de grelots, se pâmait d'aise en regardant les finesses de notre *Mauvais sujet*. Le bruit des grelots excita l'attention de monsieur le marquis. Il crut remarquer dans la chienne bichonne une ancienne connaissance , avec qui il avait eu des relations d'amitié pendant qu'il demeurait chez la veuve de la rue de Braque. Il oublie tout à coup son rôle, traverse la rampe de quinquets au risque de brûler son costume , saute dans l'orchestre des musiciens, renverse la contre-basse et arrive enfin aux baignoires par-dessus les épaules d'une vingtaine de *dilettanti*. La chienne bichonne et sa maîtresse sont également alarmées de cette visite imprévue. L'une aboýe, l'autre jette les hauts cris. Un garçon de théâtre accourt, se saisit du pauvre marquis, l'assomme de coups et le rend malade, au point de le forcer de rester couché sur la paille pendant trois ou quatre jours.

Voilà ce que l'on gagne en manquant à ses devoirs.

———

Chéri dans le Jardin du Palais Royal assailli de pierres par des polissons

CHAPITRE IV.

Chéri abandonne la scène, il erre dans le jardin du Palais-Royal, et est assailli par des polissons.

———•••———

Un jour on donna relâche, parce qu'il manqua tout à coup au lever de la toile. Le maître du spectacle qui le cherchait dans les coulisses, se proposait de le châtier rudement ; mais M. le marquis qui était alors à se chauffer au foyer, voyant son directeur s'avancer vers lui avec le fouet de *poste* dont il gratifiait trop généreusement ses administrés, sortit du foyer par la grande porte, descendit, malgré ses vêtemens de marquis, les escaliers quatre à quatre, et se sauva dans le jardin du Palais-Royal. Heureusement pour lui et fort malheureusement pour M. le directeur, il faisait ce soir-là un temps affreux, la pluie tombait à torrens. Les brillantes soiries qui composaient l'habillement de M. le marquis, et qui dans tout autre temps auraient servi à le faire remarquer, furent en un instant méconnaissables sous la boue qui les couvrait. Pour rattraper son premier acteur le maître du spectacle aurait voulu pouvoir faire d'un seul coup de sifflet, fermer à la fois les grilles du Palais-Royal, mais il n'avait pas ce pouvoir. D'ailleurs il avait entendu en sortant les trépignemens d'impatience du public, et il sentait qu'il fallait que lui-même parût sur la scène pour donner humblement une excuse aux spectateurs, et annoncer un changement dans la représentation. Il remonta donc à son théâtre où il fut lui-même traité comme un chien par un public qui n'était, en grande partie, venu que pour voir M. le marquis. Mais laissons M. le directeur dans l'embarras, et retournons au fugitif Mouflard, arrêté près d'un treillage du jardin, se grattant l'oreille après une telle équipée, et craignant l'approche de chaque personne qu'il voyait passer. Deux polissons qui lui jetaient des pierres et qui s'approchaient de lui en grande hâte, le déterminèrent à fuir du côté de la rue des Bons-Enfans, où il parvint, non sans danger d'être écrasé vingt fois sous les pieds des passans.

Notre ami Mouflard se jeta dans la première porte d'allée qu'il rencontra. Cette porte s'étant refermée sur lui, il se trouva aux prises avec un gros chien de la maison, qui ne voyait jamais sans colère des chiens étrangers y venir chercher asile. Heureusement le besoin et le désespoir donnèrent des

2.

forces à Mouflard qui eut bientôt imposé silence à son adversaire. Il profita du premier moment où la porte s'ouvrit de nouveau, pour recommencer sa course vagabonde.

———

Audry del.   Lith. de Langlumé.

Chéri menacé par un Chiffonier.

CHAPITRE V.

Chéri blotti contre une borne, est sur le point de périr sous le crochet d'un chiffonnier.

DE la rue des Bons-Enfans il gagna la rue Croix-des-Petits-Champs, où la vue d'une femme lui causa une frayeur mortelle. Cette femme, par sa mise et sa tournure, ressemblait à une vieille ouvreuse de loges du spectacle que fuyait notre chien, ouvreuse qui, chargée par le directeur de la nourriture des acteurs, leur donnait force coups de badine et très-peu de pitance. Heureusement ce n'était pas elle, mais bien une femme sensible qui s'intéressait de prédilection au sort des chiens perdus et sans gîte. Cette femme, en qui tous les animaux retrouvaient une seconde mère, et qui pouvait d'autant mieux se livrer aux tendres soins qu'elle leur donnait, qu'elle ne s'occupait de son mari que pour le contrarier, et de ses enfans que pour les battre, ne fut point accueillie de Mouflard, lorsqu'elle voulut mettre la main sur lui. Notre chien, au contraire, se blottissant dans l'angle d'une borne et d'un mur, la fit renoncer à son charitable projet. Voilà donc notre infortuné Mouflard blotti contre une borne, frissonnant sous le givre et la pluie, souffrant au moral comme au physique; resté dans cette position cruelle jusqu'à l'heure où circulent, armés d'un fer recourbé, tenant lieu de flèches, et d'une hotte en guise de carquois, les terribles *chiffonniers*. Il attendait sa dernière heure en frissonnant. Il croyait que cette heure fatale allait sonner pour lui, lorsqu'il aperçut un linger au petit crochet, qui l'ayant découvert au moyen de sa lanterne, et attiré par les habits qui le couvraient encore, se disposait à le frapper et à s'enrichir de sa peau. Le bâton levé sur lui fit l'effet que produisait naguère le fouet de M. le directeur de spectacle : il se dressa sur ses pattes, et l'attitude suppliante et long-temps prolongée qu'il conserva, surprit le porte-fallot, qui, prêt à devenir son bourreau, devint son admirateur, le prit et le donna à un Piémontais de la rue des Mauvais-Garçons. Celui-ci gagnait sa vie à faire manœuvrer dans les boues de Paris une troupe de chiens ambulans.

CHAPITRE VI.

Chéri réduit à danser sur le pavé de Paris, a enfin le bonheur de rentrer chez Madame Candi, l'épicière.

PENDANT deux ou trois mois le désastreux Mouflard auquel on avait conservé son costume de marquis, était promené par son maître dans une petite charrette à compartimens, attelée d'un gros dogue qui, probablement ennuyé de son rude métier, se dédommageait par les coups de dents qu'il donnait aux autres chiens, de la peine qu'il avait de les traîner. Encaissé sans pré-

Chéri rentrant en costume de Marquis chez Mme Candi l'Epicière.

caution dans un étroit compartiment, M. le marquis, pour qui la cessation des exercices n'était pas même le repos, vit enfin se terminer la longue suite de ses infortunes. Le hasard voulut que le directeur des chiens, dans l'espérance de recevoir des croisées de chaque étage quelques pièces de monnaie, vint donner une représentation de la danse et des exercices de sa troupe devant la boutique de madame Candi notre voisine.

M. le Marquis, qu'on avait mis en contre-danse réglée avec une levrette habillée en comtesse, un gros carlin vêtu en parvenu, et une doguine mise en femme de la halle, reconnut la boutique de M. Candi, et ne vit pas sans émotion l'épicière, qu'il préférait même à sa maîtresse de la rue de Braque. Son premier mouvement fut de voler vers elle, mais il craignait de rencontrer le garçon qui avait si cruellement attenté à sa vie. Ce fut après s'être assuré qu'il y avait un nouveau garçon, et que selon toute apparence, le premier était renvoyé, que M. le marquis redevenu Mouflard, s'élança dans la boutique, et reparut inopinément aux yeux de sa maîtresse, le chapeau sous la patte, et l'épée au côté.

Je vous laisse, mes enfans, à deviner les détails de cette reconnaissance. La maîtresse enchantée de recouvrer Mouflard, qui, malgré ses défauts, avait le mérite d'être de bonne garde, s'arrangea avec le directeur ambulant pour le conserver. Le marché fut assez difficile à conclure; le directeur faisait avec raison valoir les droits *de dernier occupant*, très-légitimes en cette matière; mais un verre d'eau-de-vie et le don de quelques bagatelles le déterminèrent à céder aux vœux de madame Candi.

Depuis ce temps Mouflard est devenu très-rangé. Il a abjuré les erreurs de sa jeunesse, et on pourrait le citer pour modèle à tous les chiens du quartier. Bien des hommes ne seraient pas susceptibles d'une réforme aussi prompte et aussi complète!

Cette histoire qui fit beaucoup rire les enfans de M. Belmont, fut commentée par eux de mille et une manières. Ils comparèrent les infortunes du désastreux marquis, à celles de l'Enfant prodigue, et se proposèrent de faire leur compliment à madame Candi, sur la brillante éducation que son chien avait reçue, et sur le bonheur qu'elle avait eu de le retrouver.

3

LES ANIMAUX DANSANS,

ou

LA PROMENADE SUR LES BOULEVARDS.

MATHILDE avait les yeux rouges, et des larmes sillonnaient encore ses joues, ordinairement fraîches et vermeilles, actuellement décolorées; triste et silencieuse elle semblait bouder dans un coin de la chambre : les agacéries de son frère, de sa sœur, ne pouvaient la distraire.

Avait-elle reçu de son père ou de sa mère quelque correction, ou du moins quelque réprimande? avait-elle eu le malheur de briser un meuble, un vase de porcelaine? avait-elle mal retenu sa leçon? l'avait-on convaincue d'un mensonge? aurait-elle par hasard été jalouse de quelque cadeau fait à sa sœur ou à son frère?

Rien de tout cela.

Quelle était donc la cause d'une mélancolie aussi profonde?

Mathilde venait de prendre sa leçon de danse.

Bonne plaisanterie, s'écriera-t-on; une petite fille aurait pleuré au sujet d'un exercice si fort de son âge!

Oui, sans doute, Mathilde, Amélie et Eugène lui-même n'étaient pas les derniers, lorsqu'ils se trouvaient avec d'autres enfans, à folâtrer, à danser des rondes, à étourdir leurs surveillans. Ils n'étaient pas même trop déplacés dans un bal brillant. Eugène, servant de cavalier à l'une de ses sœurs, remplissait à merveille son rôle dans une contre-danse; il exécutait, à peu de chose près, les pas qu'il voyait faire aux autres danseurs, et rompait rarement la mesure. Quant aux figures, c'était son fort : il les connaissait aussi bien que le meilleur chef d'orchestre, et reprenait avec zèle les personnes qui venaient à se tromper.

Mathilde n'était pas de cette force : elle sautait plutôt qu'elle ne dansait; mais, s'il lui manquait une instruction complète, elle ne laissait pas de faire briller ses grâces naturelles. Ce qui la désolait, ce n'était pas d'étudier avec son maître des pas nouveaux; c'était la contrainte à laquelle l'assujétissait M. Pochette pendant des quarts d'heure entiers. Sous prétexte, disait-elle, d'assouplir mes jambes, de dégourdir mes jarrets, ce maudit

M. Pochette me condamne aux attitudes les plus pénibles. Il faut que, sans bouger de place, les pieds cloués à la même position, je me baisse et me relève, je ne sais combien de fois, au gré de ce vilain homme. Encore, ajoutait Mathilde, si pour m'égayer il raclait du moins quelques airs agréables sur son bizarre violon ; mais point du tout, il n'en tire que des sons aigus qui ne ressemblent à rien, et me déchirent les oreilles.

La petite espiègle avait beau jeu pour donner carrière à sa langue. Son père et sa mère étaient allés rendre visite à de nouveaux mariés. Madame Gervais, sa bonne, qu'elle ne craignait guère, était seule à la maison, et obligée de quitter de temps en temps les enfans pour s'occuper d'autres objets confiés à sa surveillance.

Il faisait ce jour-là un temps superbe. Madame Belmont avait recommandé

Les animaux dansant ou la promenade des Boulevards

à la bonne de mener promener les enfans sur les boulevards. Mathilde se serait volontiers dispensée de la partie, afin de pouvoir s'abandonner dans la
solitude à ses réflexions sinistres contre M. Pochette ; mais il fallut suivre
sa bonne.

L'air du dehors, le beau monde que l'on rencontra sur le boulevard de
Gand, ne tardèrent pas à dissiper la morosité de la petite. Bientôt elle ac-
cepta le bras de son frère, et marcha avec lui en avant, pendant que la
bonne se chargea d'Amélie.

La bonne ne voulait pas aller plus loin que la partie du boulevard située
en face des Panoramas ; les enfans insistèrent pour aller au-delà, et , s'il
était possible, jusqu'aux boulevards du Temple, qui était pour eux une
contrée qu'ils ne visitaient que rarement. Ils avaient entendu parler mille

fois, avec admiration, même par des gens du monde, des ignobles facéties de Bobêche et de Galimafré ; il brûlaient de les entendre ; mais M. Belmont avait interdit à ses domestiques, sous peine d'expulsion, de jamais conduire ses enfans à un pareil spectacle. Madame Gervais se serait donc bien gardée de satisfaire au désir d'Eugène et de Mathilde ; pour ne pas leur résister tout-à-fait, elle les conduisit jusqu'à la porte Saint-Denis. Là, il leur eût été difficile d'aller plus loin, quand ils l'auraient voulu, à moins de sortir de la contre-allée et d'exposer aux injures d'une boue épaisse les souliers blancs d'Amélie et la jolie chaussure rose de Mathilde. En effet, un groupe nombreux obstruait le passage. Les sons d'une cornemuse et d'un mauvais violon se faisaient entendre au milieu de la foule, et n'étaient guère moins discordans que le rauque instrument de M. Pochette.

Les enfans demandèrent à voir ce que c'était ; madame Gervais craignait de se mêler dans la foule. Un savoyard, compagnon du joueur d'instrumens, leur fit faire place (il avait pour cela ses raisons), et bientôt les enfans jouirent du spectacle aussi à leur aise que s'ils eussent été au balcon de l'Opéra.

Cette représentation en plein vent, avait pour entrepreneurs et pour directeurs des hommes grossiers, qui, désespérant de se faire remarquer en rivalisant eux-mêmes le talent des Gardel et des Vestris, avaient dressé à cet élégant exercice les animaux qu'on y pourrait croire le moins propres, des chiens, et même un ours.

L'ours, qu'on nommait Martin, à cause de celui du jardin du Roi (car les noms célèbres ont toujours une sorte de magie), le faux Martin, en un mot, faisait l'exercice avec un gros bâton noueux, qui lui servait de fusil.

3.

Je n'oserais dire qu'il exécutât ses mouvemens avec une précision parfaite ; il n'obéissait pas même sans grimaces aux ordres de son maître ; mais enfin il se dressait avec une sorte d'agilité sur ses jambes de derrière ; retenu par une forte chaîne, qu'il ne paraissait pas songer à briser, il tournait en rond, et recevait, sans trop de murmures, les coups de gourdin qu'on lui administrait quand il s'écartait de la discipline.

Ah, mon Dieu ! s'écria Mathilde, voilà des coups de bâton plus douloureux que les coups d'archet de M. Pochette.

Mon enfant, dit en riant madame Gervais, il ne faut pas comparer ces démonstrations brutales par lesquelles seules on peut ramener à l'obéissance de tels animaux, aux gestes d'impatience d'un maître à danser. Si par hasard M. Pochette a touché légèrement avec son archet des genoux rebelles aux

Le Chien de Montargis déterrant le corps de son maître

exercices qu'il prescrivait, c'était moins une punition qu'un petit avertisse-
ment adressé à l'amour-propre. L'ours que vous voyez danser, ces deux
chiens travestis, l'un en marquis, l'autre en vieille comtesse, ce singe qui
fait l'exercice militaire, à qui l'on feint de faire la barbe, qui passe à travers
un cerceau et exécute mille gambades, ont été obligés de subir des répéti-
tions douloureuses avant d'être en état de venir sur le terrain, et de gagner
leur vie et celle de leurs maîtres. Ils ont reçu pour cela bien des gourmades
et bien des coups de fouet, sans compter les jeûnes et autres châtimens
extraordinaires.

Comment, dit Eugène, ces animaux-là travaillent pour gagner leur vie?

Oui, mon enfant, mais c'est à leur insu. La société est un échange con-
tinuel et réciproque de services de toute espèce. Les animaux que nous ré-

duisons à l'état de domesticité ne reçoivent de nous leur nourriture que parce qu'ils nous sont agréables et utiles. Les chiens dansans pourraient, j'en conviens, avoir une destination plus importante; ils pourraient veiller à la garde des habitations, à la conduite des troupeaux; mais le hasard a voulu qu'ils tombassent entre les mains d'hommes qui n'avaient pas de propriétés à conserver, et qui ne pouvaient les employer à un autre usage.

Ce que je dis des chiens sera plus facile à comprendre à l'égard du singe et de l'ours. Le singe serait demeuré dans les déserts de l'Afrique, et l'ours pris dans les montagnes du côté des Alpes aurait été tué par les chasseurs avides de vendre sa peau, si les hommes qui ont fait ces captures n'eussent pas compté en retirer plus d'utilité en les promenant de ville en ville.

On a mis à profit leur heureux instinct, et, sans qu'ils le demandassent, sans qu'ils en eussent la moindre pensée , on les a employés de la manière la plus appropriée à leur caractère.

Plût à Dieu que l'on pût mettre ainsi les hommes à leur place selon leur intelligence et leurs lumières, il n'y aurait pas tant d'intrigues, et les choses iraient beaucoup mieux! Au reste, il ne faut pas se décourager : je me rappelle que l'autre jour monsieur votre père, afin d'exciter de plus en plus Eugène à des études solides, lui citait cette maxime d'un écrivain anglais [1].

« Nous devons travailler à nous rendre dignes de quelque emploi : le reste « ne nous regarde pas, c'est l'affaire des autres. »

Il restait à Eugène à comprendre comment les maîtres des animaux pouvaient tirer parti de l'industrie de ceux-ci. Il n'eut pas besoin pour cela

[1] Bacon.

d'adresser de nouvelles questions à sa bonne, car il vit bientôt un savoyard faire sa tournée avec une tasse de bois, où il recueillit un assez bon nombre de pièces de monnaie de cuivre. Mathilde, pour venir au secours de ces pauvres gens, et en même temps pour s'imposer à elle-même une amende, et se punir de sa mauvaise humeur de la matinée, glissa timidement dans la tasse du savoyard une petite pièce blanche, et l'on retourna gaiement au logis.

LE CHIEN DE MONTARGIS.

Caressant, docile et rempli de sagacité, le chien a donné, dans tous les temps, des marques singulières d'attachement à l'homme, qui n'eut jamais d'amis plus désintéressés ni plus constans. Nous en avons quantité d'exemples , dont le recueil intéresserait, sans contredit, bien plus que le récit des exploits sanglans de *Brennus*, d'*Attila*, d'*Omar*, de *Genseric*, et de tant d'autres dévastateurs du monde.

Aubry de *Mondidier*, gendarme de *Charles V*, avait eu une querelle très-

vive en jouant à la paume avec un archer nommé *Macaire*. Celui-ci, pour terminer le différend, eut recours à la voie des brigands; il attendit son ennemi
au milieu de la forêt de *Bondi*, où il devait passer; il tomba sur lui à l'im-
proviste; et lui ayant porté plusieurs coups de poignard, il le tua lâchement,
et l'enterra au pied d'un arbre.

Si le malheureux gentilhomme, pour avertir son épouse de son arrivée
prochaine, n'avait pas envoyé en avant un vigoureux lévrier d'attache, il
eût évité cette fin cruelle. Ce chien lui était singulièrement attaché; nous
lisons dans un commentateur de *Monstrelet*, qu'il avait déjà sauvé la vie à
son maître quelques années auparavant, et qu'il le tira par ses habits, des
eaux du *Gave*, rivière du Béarn, où il était tombé, en la traversant sur un
cheval ombrageux et rétif.

Quoi qu'il en soit, il y avait déjà quelques heures que le chien d'*Aubry* était arrivé à la maison. Inquiet, lassé d'attendre, il sort malgré les domestiques, et retourne vers minuit dans la forêt. Il découvrit bientôt la sépulture récente de son maître, et il y resta constamment couché jusqu'à ce que la faim l'eût contraint d'aller chercher de la nourriture.

Tout épuisé, et n'en pouvant plus, le lévrier se traîna un matin chez le chevalier de *l'Ardillère*, intime ami d'*Aubry*, qui y dînait de coutume. On lui donna amplement à manger; mais quelques caresses qu'on lui pût faire, on ne parvint point à le retenir. Au bout de quatre jours, on le vit paraître de nouveau, et il continua ainsi ses tournées pendant plus d'un mois.

L'air hagard et sauvage de cette bête, sa maigreur extrême, sa tristesse et la disparition d'*Aubry*, firent naître des soupçons à *l'Ardillère*. Il suivit

4

de loin le lévrier. Quel fut son étonnement, quand il l'aperçut se jetant à corps perdu sur la terre, qu'il creusait avec ses pattes, et quand il l'entendit pousser, par intervalles, de longs hurlemens.

L'*Ardillère* ne tarda point à faire fouiller dans cet endroit, en présence de trois témoins qu'il appela pour constater le fait. On y trouva un cadavre, qui, bien que sanglant et défiguré, fut reconnu pour celui d'*Aubry* de *Mon-didier*. Le chevalier, convaincu par lui-même, fit transporter les restes de son ami à *Paris*, et lui rendit les derniers honneurs.

La triste fin d'*Aubry* fut bientôt connue; mais on ne put, de long-temps encore, se procurer aucun indice certain sur l'auteur de ce meurtre. Les scélérats sont heureusement tôt ou tard découverts au moment qu'ils y pensent le moins, et l'humanité est vengée.

Macaire était dans une sécurité parfaite, lorsqu'il fut arrêté un jour par un embarras de voitures. Il se trouva précisément devant l'hôtel du seigneur de l'*Ardillère* ; le lévrier, qui ne pouvait quitter cet ami de son maître, paraît tout-à-coup. Frappé, sans doute, par des corpuscules semblables à ceux qui s'étaient émanés du corps du meurtrier, à l'endroit même de l'assassinat, il se jeta sur *Macaire* ; et il l'aurait mis en pièces, sans un prompt secours.

Cet acharnement renouvelé en plusieurs autres rencontres, amenées à dessein, fortifia les conjectures, et donna lieu à de fortes présomptions. On parla beaucoup de cet événement dans la ville ; les particularités en parvinrent même à la Cour, et *Charles-le-Sage*, qui régnait alors, fit venir l'archer devant lui. Il l'engagea, sous la promesse du pardon, de faire le sincère aveu de son forfait, mais le scélérat ne voulut rien avouer.

C'était alors la coutume de décider les cas douteux par un combat singulier. Le roi, en conséquence, ordonna à *Macaire* de venir se justifier en champ-clos, dans l'île *Notre-Dame,* contre son accusateur. Une multitude immense accourut, attirée par la singularité du spectacle. Les deux champions entrèrent dans l'arène : l'un armé d'un gros bâton noueux, et l'autre ayant un tonneau percé pour retraite.

Dès que le lévrier fut lâché, il courut droit à son adversaire ; celui-ci lui assène un coup terrible sur la cuisse, et lui emporte la peau. Se sentant blessé, l'animal recule plusieurs pas en arrière, mais pour revenir à la charge avec plus de fureur. Levé pour la seconde fois, le bâton va lui briser la tête ; mais, par un mouvement prompt, le chien trompe son ennemi, et se glisse furtivement sous son bras suspendu en l'air ; il le saisit à la gorge, et la lui serra si fortement, qu'il pensa l'étrangler, et qu'on eut grand'peine à lui faire lâcher prise.

Interdit et confondu, *Macaire* n'osa plus nier le crime odieux dont il s'était rendu coupable, et il ne tarda pas à subir le supplice des assassins.

Cet événement fit alors grand bruit. On le représenta sur la toile et sur le cuivre; on pouvait même encore le voir en relief, vers la fin du siècle dernier, sur une cheminée du château de *Montargis*.

Charmé du courage et de la fidélité de ce chien, *Charles V* fit ériger en sa mémoire, un petit monument, sur le grand chemin de la forêt de *Bondi :* on y lisait un distique latin, que l'on a traduit ainsi : *Mortels aveugles, qui violez les lois les plus saintes, que la brute elle-même vous apprenne à être reconnaissans. Redoutez jusqu'à votre ombre, quand vous voulez faire le mal.*

Voici un autre récit du même fait, mais qui a la simplicité et la naïveté de l'époque :

Combat d'un chien contre un gentilhomme qui avoit tué son maistre,
faict à Montargis.

Un courtisan envieux de la faveur que portoit au sien compagnon le roi de France, lors faisoit sa principale demeure à Montargis, l'espia tant qu'il le trouva dedans la forêt prochaine, accompagné seulement de son chien, où l'ayant tué, l'enterra. Le chien, qui ne voulust abandonner la fosse de son maistre, fust finalement contraint par la faim de se retirer en court vers les amis de son feu maistre, desquels ayant reçu à manger, s'en retourna aussi-tost sur la fosse et continuant cette façon tous les jours ; quelques-uns d'entre eux le suivirent, et voyant la terre relevée à l'endroit même où il s'arrestoit, ils y fouillèrent et trouvèrent le corps mort, lequel ils l'honorèrent d'une plus honorable sépulture. Les obsèques faictes, l'homicide retourna en court quelque temps après, où le chien l'ayant aperçu, commença aussitost à lui saulter au collet, et eust-on grand peine à l'empêcher qu'il ne l'estranglât; mais continuant ses assaulx toutes les fois qu'il rencontroit son homme, on commença à soupçonner quelque chose du faict, tant qu'étant parvenu aux oreilles du roy, fit venir le chien devant lui, et commanda que le gentilhomme soupçonné se cachast au milieu de tous les assistans qui estoient en grand nombre, mais le chien ne fust sitôt entré qu'il alla choisir son homme avec sa furie accoutumée. Ce cas si étrange avec quelque petit indice, fist que le roy ordonna, que pour le purger de ce faict, il combattroit le chien avec un baston et le chien auroit un tonneau pour sa retraite ; en sa présence, le gentilhomme fut vaincu par le chien et est contraint confesser la vérité de l'homicide, et pour perpétuer la mémoire d'un cas si notable, l'histoire fut peincte par le commandement du roy en la grande salle de Montargis, comme on la peut voir encore aujourd'hui et a été recommandée par plusieurs et singulièrement par Julius Scaliger en son livre contre Cardan, exerci. 202.

Copié sur une gravure du temps faite par R. Lochon, parisien.

Quelques personnes me blâmeront peut-être d'avoir raconté à de très-jeunes enfans l'histoire précédente et déjà si connue du chien d'Aubry de Mondidier. Cette histoire, diront-elles, fait honneur au courage et à l'attachement extraordinaire d'un animal dont chaque jour nous fait connaître et apprécier les bonnes qualités, mais elle nous révèle aussi un trait qui déshonore l'humanité. Ce récit doit flétrir le cœur de l'enfance, qui n'aurait jamais pu croire un homme capable d'un pareil forfait. Cette objection paraît plausible au premier abord; mais elle s'évanouit au plus léger examen. En effet, dans quelque situation que vous placiez un enfant, il vous sera difficile de lui cacher constamment certains côtés bien repoussans de l'humanité, et de ne la lui faire voir qu'en beau. Les camarades d'école, de pensionnat, de collége, les domestiques, les accidens qui arrivent dans les promenades, les crieurs de journaux et d'arrêts, revèleront à sa jeune imagination ce que vous aurez pris jusqu'alors beaucoup de peines d'en écarter, et cela avec des circonstances qui ne présenteront pas, comme l'histoire d'Aubry de Mondidier, la main puissante de la justice divine sévissant sur

4.

le coupable. Ne soyons donc pas trop pusillanimes envers les enfans ; à l'exemple de Berquin, ne craignons pas de frapper leur âme par quelques contrastes très-marqués du bien et du mal. La Fontaine a dit en parlant de l'enfance :

> Cet âge est sans pitié.

et il a eu raison. La pitié n'arrive à l'enfance qu'au milieu des chagrins ou des malheurs qui lui sont personnels. Mais ce n'est qu'en s'avançant vers l'adolescence qu'elle acquiert peu à peu ce sentiment si bon, si aimable de la pitié. Pour plaindre les autres, il faut avoir souffert soi-même. Voici l'éloge que l'abbé Delille fait de la pitié :

> L'intérêt mieux instruit bénit ses douces chaînes,
> Elle inspire les arts, elle adoucit les mœurs,

Et le cœur le plus dur s'amollit à ses pleurs.

C'est peu : du genre humain, douce consolatrice,

De la société tu fondas l'édifice.

Oui, ce fut sur la foi de ce doux sentiment,

Plus puissant que les lois, plus fort que le serment,

Que les hommes fuyant leurs sauvages asiles,

Joignirent leurs foyers dans l'enceinte des villes.

Là vinrent les mortels dans les forêts épars,

Sous de communes lois, dans les mêmes remparts,

Prêts à se secourir au premier cri d'alarme,

S'aider de leurs talens, de leurs biens, de leurs armes;

Et rapprochés entre eux par un besoin pareil,

S'assurer l'un à l'autre un paisible sommeil.

ANECDOTES DIVERSES.

Les histoires suivantes que nous allons choisir entre beaucoup d'autres anecdotes du même genre rempliront suivant nous le double but, d'instruire et d'intéresser les enfans sans leur donner des émotions trop fortes en leur donnant des notions justes de la sagacité, de l'attachement et de la fidélité d'un animal tellement destiné à être l'ami de l'homme, qu'il passe très-facilement de l'état sauvage à celui de domesticité.

Le Chien écossais.

Un berger écossais avait l'habitude d'emmener avec lui dans ses courses journalières un de ses enfans, âgé de trois à quatre ans au plus, usage pratiqué par tous les habitans des montagnes de l'Écosse, qui accoutument de

bonne heure leurs enfans à endurer les rigueurs du climat. Après avoir tra-
versé son pâturage qui s'étendait en tous sens à plusieurs milles, le berger
se trouva obligé de gravir au haut d'une montagne pour jouir d'une vue plus
étendue. Comme il y avait trop à monter pour son enfant, il le laissa dans
la plaine, en lui recommandant à plusieurs fois de ne pas bouger de place
jusqu'à son retour. A peine était-il parvenu à la cime de cette montagne,
que l'horizon fut aussitôt obscurci par l'un de ces brouillards épais, qui des-
cendent fréquemment avec tant de rapidité sur les hauteurs, que dans l'espace de quelques minutes ils changent les jours en nuits. Le père, accablé
d'inquiétudes, voulut descendre soudain à l'endroit où il avait laissé son
enfant; mais dans l'agitation où il était et au milieu du brouillard qui l'en-
vironnait, il perdit son chemin. Après une recherche infructueuse de plu-

sieurs heures au milieu des marais et des cataractes si nombreuses des montagnes de l'Ecosse, il fut enfin surpris par la nuit la plus obscure, errant çà et là sans savoir où il portait ses pas. Parvenu avec beaucoup de peine à découvrir la lisière du brouillard, il s'aperçut, au clair de la lune, qu'il était arrivé au fond de la vallée, et qu'il était à une très-petite distance de sa chaumière. Ne voyant plus que des dangers et de l'inutilité à poursuivre ses pénibles recherches, il se trouva dans la nécessité de retourner dans sa cabane, après avoir perdu son enfant et son chien, qui depuis plusieurs années était son inséparable compagnon.

Il concevait que son enfant avait pu s'égarer; mais ne savait à quoi attribuer l'absence de son chien. Le lendemain, à la pointe du jour, le berger, suivi d'une foule de paysans, se mit à la recherche de son enfant; mais ce fut inutilement : aucun cri enfantin ne répondit à ses appels réitérés. Se fatiguant inutilement, il fut encore obligé sur le soir de descendre de la montagne. En revenant à sa chaumière, il apprit que le chien qu'il avait perdu la veille, après être venu à la maison et avoir reçu un morceau de pain, s'était aussitôt enfui. Pendant plusieurs jours le berger ne cessa de courir à la recherche de son enfant, et toujours en revenant vers la brune à la chaumière, il apprenait que son chien avait paru, et qu'il s'était enfui après avoir reçu sa pitance ordinaire. Frappé de cette singulière circonstance, il resta un jour à la maison, et lorsque le chien partit, comme à son ordinaire, avec son morceau de pain, il le suivit en grande hâte, déterminé à connaître le motif des excursions régulières de son chien.

L'animal prit la route d'une cataracte située à quelque distance de l'endroit où le berger avait laissé son enfant : les bords de cette cataracte étaient réunis presque entièrement à leurs sommités, mais séparés par un abîme d'une profondeur immense, effet d'ancienne éruption volcanique. Le chien, sans hésiter, descendit dans l'un de ces précipices, d'une profondeur presque perpendiculaire, et enfin disparut dans une caverne dont l'ouverture était presque de niveau avec le terrain. Le berger, éperdu de crainte et d'espoir, l'y suivit avec beaucoup de peine ; mais quelles furent ses émotions en entrant dans la caverne, lorsqu'il vit son enfant manger avec avidité le morceau de pain que le chien venait de déposer sur ses genoux, tandis que ce fidèle animal se tenait à côté de lui en regardant d'un air de complaisance son petit protégé.

On peut penser, d'après la situation dans laquelle le père trouva son enfant, que ce dernier avait marché au hasard jusqu'au bord du précipice, et qu'il avait ensuite roulé jusqu'à l'entrée de la caverne, où la peur de la chute du torrent l'avait comme enchaîné ; et que le chien qui l'avait suivi à la piste, l'avait préservé de mourir de faim, en lui apportant sa ration journalière, que l'enfant partageait probablement avec lui : il paraît aussi qu'il ne quitta cet enfant ni le jour ni la nuit, à l'exception des instans où il allait chercher sa propre nourriture ; instans où on le voyait courir de toutes ses forces en venant à la chaumière ou en retournant à la caverne.

Le Chien du Couvent.

Dans un couvent, vingt pauvres recevaient à dîner à une certaine heure du jour. Un chien de la maison ne manquait jamais d'assister à ces repas de

5

charité pour recevoir quelques débris qu'on lui jetait de temps à autre. Les convives, ainsi qu'on peut le penser, étaient pourvus d'un grand appétit, et par conséquent peu prodigues de ce qu'on leur donnait, de sorte que le chien du couvent ne faisait guère que respirer l'odeur d'un repas auquel il aurait bien voulu prendre part. Les portions étaient servies par une personne aussitôt qu'on avait tiré une cloche, et livrées par le moyen de ce qu'on appelle, dans les maisons religieuses, *un tour,* machine qui tourne sur un pivot, et présente ce qu'on place dans un de ses compartimens, sans découvrir la personne qui fait mouvoir le tour. Un jour, le chien qui n'avait reçu que quelques croûtes de pain, attendit que les pauvres fussent tous partis, prit le cordon de la sonnette dans sa gueule et le tira de toutes ses forces. Son stratagème ayant réussi, il y eut recours le lendemain avec le même succès. Enfin le cuisinier s'apercevant qu'il avait donné vingt-une portions au lieu de vingt, voulut découvrir la ruse, ce qu'il effectua sans peine ; car s'étant caché et ayant observé les mendians les uns après les autres, à l'instant où ils venaient chercher leur pitance, il vit aussi le chien sonner la cloche et s'emparer d'une part. Il raconta aux moines le stratagème du chien qui d'après leurs ordres, reçut toujours depuis, au moyen de la cloche et du tour un plat bien ample de toutes les bribes de la cuisine et du réfectoire, en récompense de son intelligente adresse.

Le Chien de M. Le Vaillant.

M. Le Vaillant, dans le cours de ses voyages en Afrique, perdit un jour une petite chienne favorite qu'il avait apportée avec lui : après l'avoir appelée à grands cris et avoir tiré plusieurs coups de fusil pour lui faire distinguer, s'il était possible, l'endroit où était la compagnie, il ordonna à un de ses Hottentots de monter à cheval et de retourner sur ses pas à quelque distance pour aller à sa rencontre. Au bout de quatre heures, l'homme revint avec cette chienne qu'il portait devant lui sur la selle, portant en même temps une chaise et un panier qui étaient tombés sur la route d'un des chariots. Cet animal fut trouvé à la distance de deux lieues couché sur le chemin, et gardant la chaise et le panier : si cet homme n'eût pas réussi dans ses recherches, il est indubitable qu'elle fût morte de faim ou qu'elle fût devenue la proie des bêtes féroces dont ces plaines de la Cafrerie abondent.

Le Chien de Brandenberg.

Le chevalier Gaspard de Brandenberg fut enseveli avec son domestique sous une avalanche comme ils traversaient le mont Saint-Gothard dans le voisinage d'Airolo. Le chien qui les accompagnait et qui avait échappé à cet accident, ne quitta pas les lieux où il avait perdu son maître. Heureusement l'endroit n'était pas éloigné d'un couvent; non-seulement le fidèle animal gratta la neige et hurla très-long-temps de toutes ses forces; mais il courut au couvent à plusieurs reprises et revint autant de fois sur ses pas. Les gens de la maison, étonnés de cette persévérance, le suivirent le lendemain matin; il les mena directement dans l'endroit où il avait gratté la neige, et le chevalier ainsi que son domestique furent retirés sains et saufs de des-

5.

sous l'avalanche, après y avoir resté pendant l'espace de trente-six heures : ils avaient entendu très-distinctement les aboiemens et les hurlemens de ce chien, ainsi que toute la conversation de leurs libérateurs. Sensible à l'attachement de l'animal auquel il devait la vie, le chevalier Gaspard ordonna à sa mort qu'il serait représenté sur sa tombe avec son chien.

Le Chien de la Reine.

Marie-Antoinette, dernière reine de France, avait au Temple un chien qui l'avait constamment suivie. Lorsqu'elle fut transférée à la Conciergerie, le chien y vint avec elle, mais on ne le laissa pas entrer dans cette nouvelle prison. Il attendit long-temps au guichet, où il fut maltraité par les gendarmes, qui lui donnaient des coups de bayonnettes. Ces mauvais traitemens n'ébranlèrent point sa fidélité ; il resta toujours près de l'endroit où était sa maîtresse ; et lorsqu'il se sentait pressé par la faim, il allait dans quelques maisons voisines du Palais, où il trouvait à manger ; il revenait ensuite se coucher à la porte de la Conciergerie. Lorsque Marie-Antoinette eut perdu la vie sur l'échafaud, le chien veillait toujours à la porte de sa prison ; il continuait d'aller chercher quelques débris de cuisine chez les traiteurs du voisinage, mais il ne se donnait à personne, et il revenait toujours au poste où sa fidélité l'avait placé : il y était encore en 1795, et tout le quartier le désignait sous le nom de *Chien de la Reine*.

FIN.

TABLE.